句集

# 赤い金魚

茅根知子

本阿弥書店

# 句集　赤い金魚＊目次



装幀　花山周子
装画　宮　瞳子

# 句集　赤い金魚

茅根知子

# I

2005 – 2014

鳩の話

恋猫が小さな山を降りてくる

生き物に産毛のありて春浅し

はるばると来てたんぽぽの時間かな

波音のはじまりにある種袋

梅咲いて鞄の中の仄暗き

トラックが土を運んでゐる日永

ひろびろと同じ背丈の葱坊主

少し背の伸びて野遊びより戻る

自転車で行くたんぽぽの秘密基地

たくさんの足が過ぎ去る菫かな

遅き日や便利屋が来て釘を打つ

チューリップ「お一人様」の席に着く

独活の香の一直線にのぼりけり

風強き日の貰はれてゆく仔猫
囀は悲鳴になつて終はりけり

テーブルに手が置いてある宵の春

朧夜の部屋いつぱいに鳥の羽根

信号の明るき夜の牡丹雪

春の夜の手に漂白剤の匂ひ

暗がりにはじまつてゐる春祭

朧夜は鳩の話をして終はる

後退り

デッサンの輪郭太し夏きざす

薫風にからだをまるく洗はるる

噴水の崩れ落ちゆくときの白

夏帽子かぶりて森の美術館
沈黙のあと噴水の立ち上がる

東京はあをぞら紙の鯉のぼり
洗濯がすんで夏野へ行く時間

コップから水のあふるる明易し

箱庭にてのひらほどの湖がある

玄関に砂のこぼるる枇杷の家

横顔に近づいてゆくラムネ瓶

東京は墨絵のやうに梅雨に入る

筒型の洋服を着て髪洗ふ

綿棒を軽く使ひて月涼し

冷房の部屋に間違ひ電話来る

どこまでも行けさうな日や麦の秋

水を打つ音が聞こえてそれつきり

原野にも似て東京の驟雨かな

夕立の後の大きな硝子窓

月涼しヘアピンカーブ曲がるとき
帰りきし人に涼しき灯を点す

密会や泡みつしりとソーダ水

水中りして人間が好きになる

永遠に泳いで赤い金魚かな

後退りしても西日の中にをり

逆光

水の神祀りて山は秋になる

セロを弾く初めの音が秋の風

珈琲に水面のあり今朝の秋

芒野をとほり遠くへ行くところ

八月の冷たき石に触れてみる

小鳥来る水は豊かになりにけり

落蟬の電気仕掛の蟬の声

八月の雑木林に雨の降る
逝く人の煙の高さ豊の秋

木の実落つ木の実を石の上に置く

小説は真ん中あたり小鳥来る

花野行く人の大きな腕時計

秋風やふと口癖を思ひ出す

少年のひとりがやがて虫売に
かまつかは遠くの山のやうにあり

曼珠沙華すとんと落ちてきて咲きぬ

稲妻や産みたてたまご湿りたる

がうがうと夜店の裏の発電機
説明書読んで蜻蛉を組み立てる

棒切れのやうな蜻蛉が飛んでをり

封筒に息を入れたる夜長かな

道端にひよこ売らるる文化の日

逆光を茸山より人が来る

**待春の水**

凩の聞こえてきたるヴァイオリン

左折してバスは冬野にさしかかる

集落は彼方にありぬ山眠る

一日を照らされてゐる冬菜畑

さつきから冬の日差しが顔にある

冬晴や海見るための椅子を置く

水鳥の紐解くやうにちりぢりに

凩や詩人の家の椿の木

冬ざれや手で切つてゐるガムテープ

身の軽くなりたる雪の途中かな

さらはれた子は寒鯉の口の中

寒鰤の秤の針の定まらず

焚火して知らない人が集まりぬ

身体から少し浮きたる革コート
吐く息の広がつてゆく雪野原

くつさめや眩しき道の開けたる
喇叭吹く人の分厚きコートかな

毛糸編むとき唇の動きをり
軟膏の匂ひのしたる湯ざめかな

画用紙に冬の砂鉄を集めたる

霜の夜を眠りつづけてゐる解熱

絵の中に横たふ裸婦や冬館

電飾の街を歩いて十二月

ポケットに両手をしまふ暦売

硝子屋に注文が来る春隣

待春の水を平らに運びけり

# Ⅱ

2015－2018

キャラメル

早春の野へ劇場のドアを開く

おほかたはすれ違ふ人苗木市

玉垣の向かうが猫の子の生家

足跡はただの穴なり梅真白

春の山なら軽々とつまめさう

三月や寄り添うてゐる他人の木

ぶらんこの背中から手が離さるる

初蝶を追ひ少年の日の終はる

満開の遠くに見ゆる桜かな

先生と遊んで春の野にをりぬ
押入れを抜けたところに春の山

種を蒔くいつか金魚を埋めた土

墓守の手が濡れてゐるつくづくし

遠足は大人になつて帰りけり

永き日や靴を並べる遊びして

ひとりづつ帰るところが春の暮

朧夜の電池で泳ぐ魚かな

くすくすと笑ひて時計草ひらく
紙ふうせん突くたびわがままになりぬ

春風に向かひて白い会社員

炭酸の泡の手ざはり目借時

熊の子の寝息はキャラメルの匂ひ

## 庭の木

帰るとき水のきらめく青田かな

万緑や馬が飲み干す山の水

前を行く人が小さくなる夏野

六月の雨や朱肉の凹みたる

黒板に押しピンの跡梅雨寒し

夏服の転校生がやつて来る

魚ごと水を運んでゐる薄暑

生温き水にぷかぷか浮いてこい

沢蟹を放り込みたる金盥

訪ねたる家にバナナの匂ひかな

平日を見てゐる噴水のまはり

日盛を大きな石の積まれある

錆びた音たてててくちなは進みけり

風が来て同じところに蛇の衣

眩しさの中に避暑地を置いてくる

渋滞のほどけてそれぞれの夏野

遠雷や手にざらついてくる卵

焦点が合はぬところの蜘蛛の糸

水面に閉ぢ込められてゐる金魚

短夜を砂がこぼれてゆきにけり

大き手に引かれ乗り込む蛍舟

麦笛を乾ききつたる空へ吹く

噴水がつぎつぎ水にのしかかる

うつすらと砂のひろごる夜店かな

知り合ひが手を振つてゐる盆踊

ががんぼの脚が面倒さうである

玄関を泳いでゐたる熱帯魚

手を洗ふたび十薬を思ひ出す

石段に脱ぎつぱなしの蛇の殻

蟻の死のはじまつてゐる夕日かな

夕立が映る理容室の鏡

遠花火見てをり隣には他人

庭の木にぶらさげてある海水着

切り傷

剥製の眼が八月の空を向く

本箱の匂ひのしたる茸山

ほほづゑは砂の手触りつづれさせ

長き夜の星が小さくなつてゆく

稲妻や立体になる設計図

溶接の火花に浮かぶかまどうま
地下道にゐる人間ときりぎりす

何となく聞こゆる会話秋の昼
冷まじや頭上を人が歩きをり

背中から紐がほどけてゆく花野

掃苔や老舗の餡の話など

建物がなくなつてゐてねこじやらし

花野来て知らない傷のふくらはぎ

ヘルメットかぶり野分の会社員

籾焼いてたくさん食べて普通の日

稔田の真ん中の道いい匂ひ
ここからは管理区域となる茸

霧深し箱を抱へて歩く人

台風の水が溜まつてゐる如雨露

秋風が砂丘をとほりぬけてゆく
切り傷の熱くなりたる野分後

裏窓

点描のやうに冬日の中にゐる

すれ違ふ人みな紙のマスクして
コインロッカーから音楽冬ざるる

少しづつ空の欠けゆく寒さかな

電飾を巻きつけられてゐる枯木

冬曙ビルがだんだん立ち上がる

極寒のどこかが覚めてをりにけり

トラックの荷台に葉牡丹と荷札

うれしくて葱を背負ひてゐる子ども

風邪ひいてりんごを甘く煮てもらふ

ある朝の猫が出てくる掛蒲団

悴んで五指は卵を持つ形
白い壁はさんで咳が聞こえ来る

茶毘に付し名残の空を見てをりぬ

ざつくりと魚を捌く冷たき手

水槽に平たき魚冬ざるる

突堤の先が冬日の中に消ゆ

原色のあふるる街のクリスマス

星冴ゆる日や生贄の美しく

動物が散らばつてゐる冬銀河

裏窓を猫が出て行くクリスマス

# Ⅲ

2019－2021

ジオラマ

早春の山から届く紙の箱

蘖や家が組み立てられてゆく
楽園の入り口にある巣箱かな

薄紙をまとひて春の山といふ

杭打つて春の真中と思ひけり

人間がうづもれてゐる春の土

鉄棒に留まる春の寒さかな

浅春の本から外すグラシン紙

貝印カミソリ濡れてゐる余寒

簡単な赤い椿の咲きにけり

遠足が小さな森に突き当たる

春光や竹の切り口笑ふ口

編んでゐる手が思ひ出すクローバー

真ん中にふはりと座るピクニック
少しづつ花見の人がずれてゆく

二階からすべりでてくるしゃぼん玉

店先に花種を売る古本屋

きのふから春の蚊がゐる衣裳部屋
うららかや帽子の入る丸い箱

鳥の巣の羽根にまみれてゐたりけり

シネラリア転校生は帰国子女

占ひのやうにセロリの筋を取る
カナリアを埋めたところにチューリップ

春昼を焼かれつづけてゐるケバブ

花虻の羽音だんだん眠くなる

耕して耕して日は沈みけり

鉄棒を手首がまはる日永かな

逃げ水を見たと言ふ子の動く口

陽炎に一筆書きの人の影

桜蘂降る濡れてゐるアスファルト
見えてゐるいそぎんちやくの潮溜り

生き物が露はにさるる潮干潟

飛行機を見上げてゐたる磯遊び

満天へ繋がつてゐる春の潮

蛤がゆふべの砂を吐いてゐる

門を春満月へ外したる

ジオラマの街に木を置く夏隣

踏切

梧桐や星がだんだん薄くなる

闘牛の朝をしづかに目覚めをり

舟を漕ぐ水の重さや夕薄暑

桜実となるサイレンの遠ざかる

天晴と言はれ恥づかしがる金魚

スカートをまるく広げて夏野かな

蝶番のはづる花栗の匂ひ

足元を水が流るる四葩かな

十字路に来ると西日のあふれだす

ひつそりと猫が水飲む土用入

どこからも遠くに見ゆる熱帯魚

潮騒を聞き短夜の膝枕

月涼し手首を伝ふ化粧水

水盤に小さな虫が浮かびをり

空いてゐるベンチに蛍籠を置く

孑孓の許可なくつぎつぎに増ゆる
二丁目のどこにでもゐる金魚かな

小説の中に入つて行く夏野

炎天の浜に深海魚の揚がる

紙袋抱へて踊る会社員

新しき水の金魚の息づかひ

捺印の夏手袋をしてゐたる
パイナップル抱へる少し手が痛い

日の中へほどくる蚊火の煙かな

鳩尾に押し寄せてゐる蓮青葉

遠花火いつか忘れてゆく名前

踏切の音が西日の中に果つ

作り話

# 赤錆の有刺鉄線いわし雲

青北風や離島へ架かる海の橋

天高し真ん丸の目の鬼瓦

新涼や手を動かせば文字になる

メンディングテープの指紋敗戦日

生きてゐる人に新米炊き上がる
退屈をレモン輪切にしてゐたる

蜻蛉の尻持ち上げて止まりけり

結び目のぽんと弾けて桔梗咲く

左手の覚束なくて桃を剝く

一房の混み合うてゐる占地かな

九つの産みたてたまご星月夜
三角のボタンを押して銀漢へ

長き夜を灯して穴を掘る仕事

ボタ山を遠くに梨の朽ちてゐる

稲妻やブロックの凸凹

鳴き声のだんだんかすれゆく囮

からすうり熟れて頭痛のはじまりぬ

虫売の色褪せてゐる支那鞄

蚯蚓鳴く生温かきアスファルト

畳むとき薄荷の匂ふ秋の蚊帳

月を見て作り話を聞いてをり

## 青い絵

寒鯉を見つけ何度も人を呼ぶ

襤褸市の指輪の箱の脱脂綿

室咲の梅の匂ひを日の中に

凩に透明になる子どもたち
海割るるごと大寒の自動ドア

工房に糸を煮てをり冬の朝

金星のあたりに枯れてゐる欅

小春日の木と木を繋ぐ宮大工

ストーブの匂ふカトレア美容室

ゐねむりをしてゐる人の紙マスク

眼裏を泳いでゐたる日向ぼこ

画用紙の絵が貼りつけてある襖
炭ついで言ひたきことがあふれでる

隙間から風の入つてくる畳
白菜の三角形に積まれたる

明るさを間違へてゐる海鼠かな

動物を背負ひて歩く冬の街

雑踏を分け入ってくるインバネス

ラジオから「イマジン」流れ十二月

眠くなる風邪のからだになつてゐる
目の覚めて毛布に気づく保健室

体ごと投げ出す雪の深さかな

風寒しデニムの裾に海の砂

鳴き声を辿りてゆけば寒き森
オリオンを見上ぐ無防備なる背中

糸杉に冷たき月の懸かりをり
寒林の風の半音高くなる

青い絵を行列のゆく寒さかな

解説

# ときには少女のように

仁平　勝

茅根知子の俳句は、しばしば時間が止まっている。というより、彼女の創り出す俳句の場面には、時間を止めたいという願望があるように思う。まずは、ズバリ句集の表題句から入ろうか。

永遠に泳いで赤い金魚かな

永遠に泳いでいる金魚などいない。けれども知子は、金魚の泳いでいる場面が永遠に続いてほしいと思う。それは「赤い金魚」をいつまでも飽きずに見つめていた、少女時代への郷愁かもしれない。その郷愁を固定するために、俳句の場面をストップモーションにしようと考えたわけだ。

洗濯がすんで夏野へ行く時間
どこまでも行けさうな日や麦の秋
芒野をとほり遠くへ行くところ

「洗濯がすんで夏野へ行く」という予定なのだが、一句の場面は、洗濯が済んだところでストップモーションになっている。溜まった洗濯物をやっと片付けて、これから出掛ける夏野を想像している――そういう時間が、彼女にはいちばん楽しいのである。どこか少女っぽさも感じられるが、そこで時間を止めたくなる気持ちも、まあ分からなくはない。

思うに知子は、いつもどこか遠くへ行きたいと考えている。それは漠然とした想いであり、なにも実際に出掛ける必要はない。だから「どこまでも行けさうな日」でも、どこにも行かないし、「芒野をとほり」ながらそこでストップして、ほんとうは「遠くへ行くところ」なのだと幻想している。

押入れを抜けたところに春の山

その「遠く」とは、じつは「押入れを抜け」ればすぐ行けるところなのかもしれない。そこには、それこそ「永遠」に「春の山」がある。そしてこの「押入れ」にも、少女時代の思い出が詰まっている筈だ。

ぶらんこの背中から手が離さるる
台風の水が溜まってゐる如雨露
眠くなる風邪のからだになつてゐる

一句目は、ぶらんこに乗っていて、その背中を押してもらったのである。まだ自分ではうまく漕げないからだ。それを「背中から手が離さるる」と詠むところに、知子の特異な感覚がある。それこそ少女時代の感触が残っているようだ。そして手が離された瞬間で、一句の画面は止まっている。

二句目は「台風」を詠むのに、台風が過ぎ去ったあと如雨露に溜まった雨

（といわずに「水」）の場面が選ばれ、三句目では「風邪」を詠むのに、その症状でなく「からだ」が題材になる。画面を止めているわけではないが、どちらも「てゐる」という言葉が静止した場面を創り出している。

このへんで俳句の技法にも触れておきたいが、この三句では格助詞「の」が重要なポイントになる。「ぶらんこの背中」「台風の水」「風邪のからだ」といった「の」の用法は、どれも散文では通用しない。すなわち俳句特有の「の」であり、これによって「背中」や「水」や「からだ」は、実際のものから離れて、いわば俳句的フィクションに移行している。

遅き日や便利屋が来て釘を打つ

長き夜を灯して穴を掘る仕事

ここにも俳句的フィクションがある。便利屋はなにも釘を打つために来るのではないし、穴を掘る仕事というものがあるわけではない。一句目は、家のどこか壊れた箇所を修理していて、二句目は、たとえば下水の工事だろうか、徹夜で道路を掘っているところだ。それを「釘を打つ」「穴を掘る仕事」と表現することで（俳句的なデフォルメといってもいい）、作品には現実から飛躍した仮構の風景が現れてくる。

封筒に息を入れたる夜長かな

毛糸編むとき唇の動きをり

言葉の使い方だけでなく、場面の切り取り方もユニークである。私はこの文章をストップモーションという映画の比喩で書き始めたが、これらの句はまさに映画のワンショットを思わせる。そのショットがまた心にくい。

一句目は、手紙を書き終えてそれを封筒に入れるところで、そこに「封筒に息を入れたる」というショットを持ってきた。封筒の口が開くように息を吹き入れるわけだが、私にいわせれば、いまどきの人はそんなことをしない。きっと昔の人がやっていた仕草を、遠い記憶から引き出してきたのだろう。

二句目も、やはり記憶のなかの場面という気がする。母親が毛糸を編むときは、いつも唇を動かしていたということだ。編み目を数えているのだと思う。むろん、作者自身の行為として読んでもいいのだが、彼女の俳句はどういう場面を詠んでも、みなどこか懐かしいのである。

少年のひとりがやがて虫売に

こんな風景も懐かしい。虫売りのオジサンを囲んで、少年たちの輪ができている。それを作者は（いかにも少女らしい想像力で！）、その一人が虫売りになると勝手に決めている。映画なら、アップで映る少年の顔がそのまま大人の顔に変わり、カメラが引くとそれが虫売りだというショットになる。時間は止まるどころか、タイムスリップしてしまう。私のもっとも好きな句だ。

もしかして私は、茅根知子の「少女」性にこだわり過ぎるだろうか。けれども、子供の心を持たない詩人（俳人）とは形容矛盾でしかしない。読者は『赤い金魚』のなかで、たぶん何度となく自身の遠い記憶に遭遇すると思う。

# あとがき

本当に長い時間が経ってしまった。『赤い金魚』は私の第二句集である。第一句集から、気がつけば十七年が経っていた。この間、まわりの状況は大きく変わった。俳句を教えてくださった今井杏太郎はもういない。ひとりで選をしているとき、いない人のことを強く意識した。句集のタイトルは、下町を吟行したときに詠んだ〈永遠に泳いで赤い金魚かな〉から取った。先生が「知子さんらしいですね」と言ってくださる気がして、決めた。

一方、新しい出会いもあった。二〇一二年に、中田尚子、山崎祐子、土肥あき子と四人で「絵空」を創刊し、福島県いわき市への吟行を続けている。現在はCOVID-19の蔓延により吟行は一時中断しているが、企画を変えて継続発行に努めている。

また、「絵空」以外では、超結社の句会に参加する機会に恵まれ、たくさんの仲間と出会うことができた。句会や吟行を一緒に過ごすことは、居心地のいい幸せな時間である。これからもずっと、この時間を重ねてゆきたい。

仁平勝さんには、お忙しい中、解説を快くお引き受けいただきました。感謝の気持でいっぱいです。装画は、「絵空」のイラストをお願いしている宮瞳子さんに描いていただきました。わがままな要望を叶えてくださって、本当に嬉しく思います。

句集上梓に際しましては、本阿弥書店の黒部隆洋さんに大変お世話になりました。装幀は花山周子さんにお願いしました。ありがとうございました。

最後になりましたが、これまでに出会ったすべてのみなさんに、心から御礼申し上げます。

二〇二一年七月七日

茅根知子

著者略歴

茅根知子（ちのね・ともこ）

1957年　東京生まれ
1998年　「魚座」入会
2001年　第15回「俳壇賞」受賞
2004年　第一句集『眠るまで』
2006年　「魚座」終刊
2006年　「雲」入会
2009年　「雲」退会
2012年　「絵空」創刊

俳人協会会員

現住所
〒178-0063　東京都練馬区東大泉5-7-15

---

句集　赤《あか》い金魚《きんぎょ》

2021年9月20日　発行

定　価：3080円（本体2800円）⑩

著　者　茅根　知子

発行者　奥田　洋子

発行所　本阿弥《ほんあみ》書店

東京都千代田区神田猿楽町2-1-8　三恵ビル　〒101-0064
電話　03(3294)7068(代)　振替　00100-5-164430

印刷・製本　三和印刷（株）

---

ISBN 978-4-7768-1568-6 C0092(3284)　Printed in Japan